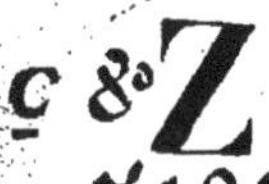

"Patrie"

A. NOREC

LA BATAILLE DANS LES NEIGES

20 c.

Le récit complet illustré

F. ROUFF, Éditeur, 148, rue de Vaugirard, PARIS

I

UNE RENCONTRE

C'était à Rome, dans les premiers jours d'octobre 1916.

Une manifestation patriotique, à laquelle avaient pris part des milliers de citoyens, s'était portée devant le palais du Parlement en acclamant frénétiquement la mémoire du député trentin Cesare Battisti, mort martyr de l'irrédentisme (1).

Maintenant, le flot populaire, refluant de Montecitorio, emplissait l'étroit Corso et les rues adjacentes. Ce flot venait mourir sur la Piazza del Popolo, que dominent les jardins du Pincio, d'où l'œil embrasse l'horizon de la Ville Éternelle.

Dans cette foule, les uniformes gris-vert dominaient. Quoi d'étonnant puisque l'Italie, en guerre avec l'Autriche depuis seize mois et avec l'Allemagne depuis cinq semaines, était presque tout entière mobilisée!

Accoudé à la terrasse du Pincio, un jeune officier contemplait, pensif, la fourmilière humaine s'agitant à ses pieds.

C'était le ruban jaunâtre du Tibre, si mesquin d'apparence, si riche de prestigieux souvenirs, le célèbre château Saint-Ange et la coupole de Saint-Pierre, se détachant sur un ciel empourpré par les feux du soleil couchant.

(1) Lire *Cesare Battisti*, n° 10 de la collection Patrie (0 fr. 15 le numéro, Rouff, édit.)

La grande presse hydraulique (10.000 tonnes).

— O Rome! murmura l'officier avec émotion.

Une main se posa sur son épaule. Brusquement, il se retourna.

— Bassi! s'écria-t-il.

Devant lui se tenait un autre officier à peu près du même age, qui portait le bras gauche en écharpe.

— Lui-même, cher Berla, fit le blessé en tendant à son collègue sa main valide. Je vois avec plaisir que vous possédez encore tous vos membres. Pas d'égratignure?

— Seulement une balle dans la cuisse. Et vous?

— Peuh! Un éclat d'obus dans l'avant-bras.

— Nous sommes des veinards. Et d'où venez-vous?

— Du Trentin. Et vous?

— Du Carso.

Le Trentin! Le Carso!

Les deux formidables théâtres de l'épique bataille engagée et poursuivie sans trêve par l'armée italienne, non seulement contre les Autrichiens, mais contre la nature et les éléments.

Orlando Bassi et Roberto Berla étaient camarades de promotion, sortis l'un et l'autre de l'Ecole d'Application de Turin, tous deux sous-lieutenants d'artillerie.

Affectés à des corps différents, ils s'étaient perdus de vue depuis le début de la guerre.

— Quelle heureuse rencontre! fit Berta. Etes-vous libre de votre temps?

— Absolument libre. Je connais peu de monde à Rome.

— Moi, j'y connais, Via del Babuino, un restaurant qui a la spécialité des *cannelloni* (1) et un *barbera* très appréciable. nous y dînerons ce soir en nous racontant nos campagnes.

— Comme de vieux sous-officiers retraités! répliqua en riant Bassi.

— Si vous voulez. Oh! je suis sûr que nos deux récits se ressembleront par plus d'un point. N'importe! C'est en comparant et analysant ce que nous avons vu l'un et l'autre que nous pourrons tirer les meilleures leçons de cette guerre.

— Une guerre comme le monde n'en avait jamais vu!

Le soleil achevait de disparaître à l'horizon.

Le ciel semblait un immense voile pourpre, évoquant les gloires millénaires de Rome. L'émotion qui naguère emplissait le cœur de Roberto Berla passait dans celui d'Orlando Bassi.

---

(1) Pâte en forme de tuyau, garni intérieurement de viande hachée.

Les deux officiers demeurèrent un moment silencieux.

Ils songeaient à tout ce passé formidable de luttes et d'apothéoses qui, depuis le temps légendaire de Romulus et de Rémus, a fait de Rome une ville prédestinée unique au monde. L'Italie, l'Espagne, Carthage, la Grèce, les Gaules, l'Orient avaient défilé soumis sur le Forum, proclamant la mission fatidique de la grande métropole humaine!

Que serait l'avenir?

Berla et Bassi, érudits, l'esprit méditatif mais ardent, avec une puissance d'imagination latine, voyaient tout d'abord Trente et Trieste rendues à l'Italie; puis celle-ci, en pleine force d'expansion, poursuivant ses destinées dans l'Adriatique et attirant dans l'orbe de sa civilisation les Slaves du Sud, affranchis des tyrannies barbares de l'Autriche.

Pour l'accomplissement de ce rêve généreux, ils eussent cent fois donné leur vie.

II

LES ITALIENS DANS LE TRENTIN

Assis en face l'un de l'autre dans une petite arrière-salle du restaurant Selaggi, les deux sous-lieutenants achevaient une dernière bouchée en attendant le café.

Leur conversation s'était jusque-là poursuivie à bâtons rompus ou limitée dans les généralités.

— Maintenant, mon cher Orlando, tu me dois ton récit de guerre, fit Berla tutoyant pour la première fois son camarade dans cet entraînement que créent la sympathie, la jeunesse et un bon dîner.

— Je m'exécute, fit avec complaisance Bassi.

« Inutile, n'est-ce pas, de te rappeler les inoubliables manifestations qui ont imposé silence aux neutralistes, partisans avoués ou honteux de notre ancien bourreau l'Autriche.

« Tu sais aussi, comme moi, que la guerre ayant été déclarée le 23 mai au gouvernement de François-Joseph, nos troupes furent, sans perdre une seconde, dirigées sur toutes les passes des Alpes susceptibles de livrer passage à une invasion autrichienne.

— Je le sais, répondit Berla.

— Ah! ça n'a pas traîné! Notre *père* Cadorna est un homme qui n'y va pas par quatre chemins.

« Pendant quarante ans, il a étudié la topographie du massif trentin, des Dolomites, de la Carniole et de la Carnie, prévoyant bien que c'était par là que notre ennemie séculaire s'efforcerait de nous frapper. Il a médité, celui-là, les leçons douloureuses de Novare et de Custozza. »

Ils ne disaient mot et ne faisaient aucun bruit qui pût rappeler leur présence (p. 6).

Berla eut un geste d'assentiment. Cette opinion raisonnée de son ami sur le généralissime italien, il la partageait entièrement.

— Lui seul, vois-tu, poursuivit Bassi, était à même, par sa connaissance parfaite, impeccable de la région, de faire échec à son confrère autrichien, le général Conrad von Hœtzendorf. Car ce vieux *birbante* a, lui aussi, étudié à fond le terrain et c'est lui qui avait tracé le fameux plan d'invasion par la plaine vénitienne...

— Qui a bien failli réussir, le printemps dernier, nous plaçant entre deux feux, nous autres qui combattions sur le Carso!

— Et qui eût réussi certainement si notre Cadorna, en prévision du coup, n'avait pas constitué en huit jours une cinquième armée italienne consolidant notre centre bien en danger et débordant l'aile gauche autrichienne.

— Une belle manœuvre! C'est plaisir de se sentir guidé par un vrai cerveau. Mais continue ton récit.

Cependant le *cameriere* apportait le café.

Il y eut un moment de silence employé à humer délicieusement l'arome pénétrant de la noire liqueur si chère à Voltaire et à bien d'autres.

Tandis que les deux convives, graves et recueillis comme il

convient en pareil cas, accomplissaient ce rite gastronomique, un couple pénétrait dans la salle et, après un coup d'œil circulaire, allait s'asseoir à une table voisine de la leur.

Berla fronça le sourcil.

Habitué du restaurant Selaggi, dont il appréciait la cuisine, il avait conduit son camarade dans ce *salotto* (1) avec l'espoir d'y être seuls ou à peu près. Et voilà que des fâcheux, venant prendre place tout près d'eux, les contraignaient à baisser la voix ou à s'observer dans leurs propos.

Car ce n'est pas seulement en France qu'a été lancée la prudente et officielle objurgation : « Taisez-vous! Méfiez-vous! Des oreilles ennemies vous écoutent! »

Cependant comme, grande ou petite, une salle de restaurant est au public payant, il n'y avait qu'à prendre son parti de l'arrivée de ces deux consommateurs inattendus.

Le couple, d'ailleurs, ne présentait rien de bien particulier.

L'homme, un quinquagénaire court et replet, entièrement rasé, les yeux abrités sous un lorgnon d'or, donnait l'impression d'un chanoine costumé en laïque.

Sa compagne, assez grande et élégante, tournait le dos aux deux officiers. Ceux-ci avaient à peine eu le temps d'entrevoir sous une voilette un visage jeune et brun, d'expression plutôt agréable.

Berla fit à son camarade un signe qui disait : « Causons, mais plus bas. » Signe auquel Bassi répondit d'un geste de tête, pour reprendre ensuite son récit.

— Tu sais certainement ce qu'est la région du Trentin. Même si tu n'y as pas voyagé, tu as appris dans les cours de géographie et d'histoire qui nous étaient faits à l'Ecole quel formidable massif s'avance comme un coin dans notre frontière sur les deux rives de l'Adige.

« Des montagnes de trois mille mètres, des torrents, des précipices et des lacs, chaos se prolongeant du côté autrichien pendant deux cents kilomètres! Du côté italien, après une lisière de quelques kilomètres, la descente dans la plaine sur Vicence et Venise.

« Notre grand Garibaldi, homme de guerre d'une époque romantique, mais dont l'esprit avait quelque chose de divina-

(1) Petit salon.

toire, s'était bien rendu compte que là était, dans une guerre contre l'Autriche, le point vulnérable de l'Italie.

« En 1848, il avait mené dans le Tyrol une rude lutte de partisans. Onze ans plus tard, après avoir, avec sa légion improvisée des *Chasseurs des Alpes,* battu le général Urban à Côme et à Varèse, puis rejoint à Milan les vainqueurs de Magenta, il portait de nouveau son action vers le lac de Garde. La maudite paix de Villafranca vint l'arrêter.

« Puis ce fut la campagne de 1866, si déplorable pour nos armes. Pendant que Persano se faisait battre, sur mer, à Lissa, et La Marmora, sur terre, à Custozza, Garibaldi, lui, reprenait une fois de plus son offensive dans le Tyrol méridional. La paix vint encore l'arrêter sur la route de Trente, laissant aux mains de l'Autriche cette clef de notre maison.

Pendant ce cours rétrospectif d'histoire militaire, Bassi avait insensiblement élevé la voix.

Berla, qui l'écoutait, n'y avait pas pris garde.

L'un et l'autre avaient momentanément oublié leurs deux voisins.

Ceux-ci s'étaient commandé un plat de macaroni et leur attention semblait entièrement absorbée par ce mets, servi fumant sous une couche épaisse de sauce tomate. Ils ne disaient mot et ne faisaient aucun bruit qui pût rappeler leur présence.

Mais à défaut de leurs bouches, leurs yeux se parlaient. Ils avaient échangé quelques éclairs tandis que Bassi évoquait les épopées garibaldiennes et, sous la table, leurs pieds s'étaient doucement rencontrés à plusieurs reprises.

Manège d'amoureux à la fois passionnés et discrets? Peut-être, bien que l'âge de l'homme ne fût plus celui d'un jouvenceau. Mais on est passionné à tout âge!

Bassi continuait :

— Guerre de montagnes et de forteresses, duels d'artillerie, pas de grandes actions, mais incessantes ascensions et descentes, plus fatigantes que des batailles et agrémentées d'alertes continuelles, telle a été notre vie pendant tout l'été 1915.

« La valeur de notre artillerie, je n'ai point à t'en parler puisque, comme moi, tu as l'honneur de servir dans ce corps. Notre Deport, qui est le 75 français perfectionné, ferait merveille dans une bataille rangée en rase campagne et je ne doute point qu'il vous ait été fort utile dans maints combats sur l'Isonzo et le Carso...

Berla fit un geste approbatif.

— Mais dans ces diaboliques massifs du Trentin, où tout est gorges, précipices et contreforts, la parole ne peut guère être qu'à l'artillerie lourde. Et hisser des 220 sur ces sommets, je t'assure que c'est un joli tour de force!

Le narrateur fit une pause pour reprendre haleine et évoquer ses souvenirs. Berla lui remplit son petit verre d'une *grappa* (1) où tremblait un reflet d'or.

Le couple voisin, sans hâte, terminait sa *maccheronata* (2).

— La première fois que j'ai vu hisser un canon lourd à 2.000 mètres, continua Bassi, je t'assure que j'ai été ébahi. Je n'aurais jamais cru nos hommes capables de pareils prodiges.

« Depuis, j'en ai vu hisser d'autres plus lourds et plus haut encore. Aussi, maintenant, rien ne m'étonne plus!

« C'était dans les Dolomites : l'automne était venu et les sommets des pics étaient encapuchonnés de neige. Cette neige commençait même à s'étendre sur les vallées. Brrou! j'ai froid rien que d'y songer!

« Les Dolomites... figure-toi un paysage de hauts rochers, absolument nus, sans un arbre, découpant dans le ciel leurs grandes murailles crénelées comme des remparts; ces rochers qui sont rouges flambent en été au coucher du soleil, comme s'ils étaient éclairés de feux de bengale. En hiver, ils sont ensevelis sous les froids linceuls de la neige.

« Nos alpins, de vrais diables, avaient effectué toute une série de reconnaissances dans la région pour préparer notre avance dans la direction de Brixen. Au milieu des gorges, parsemées d'éboulis, une énorme pyramide se dressait droite, farouche comme un bastion inexpugnable.

« Sous le couvert du crépuscule, nous nous étions approchés sans bruit de cette masse de granit.

« Nous étions là une compagnie d'alpins, une section de mitrailleurs portant leur machine sur le dos et une demi-batterie d'artillerie dont ton serviteur... Des artilleurs, mais pas de canons, nos pièces étant à un demi-kilomètre derrière nous. A quoi bon les amener au pied de cette masse!

« Mais nous avions avec nous le général Morlani, qui vaut à lui seul une batterie et une brigade!... Le général Morlani qui avait voulu diriger en personne notre reconnaissance.

« Il considérait la haute pyramide d'un air soucieux, sen-

(1) Marc italien.
(2) Plat de macaroni.

tant bien que, sur le cône tronqué qui formait son sommet, il devait y avoir quelque poste d'*Austriaci*. Le général devait se dire que ce sommet ferait pour nous un fameux observatoire.

« C'était une chance que les ennemis ne nous eussent pas aperçus. Il faut dire que nous nous étions approchés avec les plus grandes précautions, entre chien et loup. Ce qui est peut-être le moment le plus favorable, car ces gaillards-là vous découvrent, le jour, avec leurs yeux et, la nuit, avec leurs projecteurs.

« Il est vrai qu'ils n'avaient pas installé de projecteurs!

« — Mes enfants, dit le général, s'adressant à nous tous, il faut que demain nous ayons un 220 en position sur ce sommet.

« Un 220! *Per bacco!* mon cher Roberto, je me suis demandé un instant si notre chef était devenu fou ou s'il plaisantait.

« Mais non! Il était très sage, le général Morlani, comme je m'en suis aperçu peu après, et il parlait très sérieusement, sans trop élever la voix, de peur de donner l'éveil aux vedettes autrichiennes.

« Il pouvait, d'ailleurs, y avoir une centaine de mètres de la base au sommet. Mais, dans ces gorges, l'écho a souvent une résonnance fâcheuse. Et puis les Autrichiens, s'ils ne possédaient pas de projecteur, possédaient peut-être quelque microphone!

« Le général ayant parlé, nous nous regardâmes tous pour nous dire que son désir n'était pas prêt d'être réalisé.

« Mais déjà deux alpins, après s'être consultés à voix basse, sortaient des rangs et, s'étant avancés vers lui, s'arrêtaient à trois pas, saluant militairement.

« — Parlez, mes braves, leur dit-il d'un ton paternel.

« Il devinait, le malin, que ces deux braves garçons venaient lui offrir de se faire casser la figure pour l'exécution de son projet.

« En effet, cinq minutes plus tard, mes deux gaillards commençaient l'effrayante ascension.

« Il va sans dire qu'ils s'étaient délestés de leurs fusils, de leurs sacs, de tout ce qui eût pu les gêner et munis, par contre, chacun d'une corde enroulée autour de leur corps.

« La muraille qui aboutissait au sommet de la pyramide était droite comme un I — un I de cent mètres, excuse du peu! Je n'aurais jamais cru que des créatures sans ailes eussent pu la gravir. Ils la gravirent cependant!

— C'étaient peut-être des anges! interrompit Berla en riant.

— Non! Pas des anges, ni même des démons, mais simplement des contrebandiers! On est parfois bien heureux d'en rencontrer!

« Quarante minutes s'écoulèrent... je les ai comptées à mon chronomètre! Quarante mortelles minutes sans un cri, sans un bruit. Nous croyions les deux braves garçons perdus et nos cœurs battaient d'angoisse.

« Soudain, un bout de corde vint frôler la tête d'un de nos hommes, puis se dérouler au pied du pic : le bout de la corde que nos alpins avaient emportée et dont ils tenaient solidement l'autre extrémité.

« Un frisson d'enthousiasme courut parmi nous tous. Ils avaient réussi la vertigineuse ascension : ils étaient arrivés à leur but!

« Pourtant s'ils avaient été pris ou tués! Si cette corde nous étaient lancée par les Autrichiens éclairés sur notre dessein et cherchant à leur tour à nous attirer dans un piège!

« Cette pensée me vint et je suis sûr qu'elle vint aussi au général Morlani comme à nous tous.

« Mais c'est à la guerre surtout que qui ne risque rien n'a rien. Si nos compagnons s'étaient aussi héroïquement exposés, ce n'était point pour que nous restions inertes lorsque le moment d'agir arrivait pour nous à notre tour!

« Un à un, nos alpins s'agrippant à la corde s'enlevèrent à la force du poignet le long de la muraille. Les premiers avaient quitté leurs chaussures et s'aidaient de leurs pieds s'appuyant sur les aspérités du roc.

« L'ascension pour les trois premiers fut longue et pénible. Elle dura bien près d'une heure!

« Mais après, cela marcha beaucoup plus vite. Un anneau auquel était attaché un papier glissa le long de la corde. Le papier portait ces mots : « Nous sommes tous les cinq au sommet. Hâtez-vous! » Et c'était signé : « Turillo, Gianni. » — Les noms de nos deux contrebandiers!

« Dès lors, sûrs que la corde était solidement tenue à son extrémité par dix bras vigoureux, nos hommes n'attendirent pas longtemps pour s'enlever l'un derrière l'autre vers ce terrible sommet.

« Si la corde avait cassé!

« La nuit était tout à fait venue, à peine éclairée d'un

mince quartier de lune. Dans cette demi-obscurité, le pic revêtait une forme fantastique.

« Je suis sûr que plus d'un cœur battait. Pourtant pas un de nos alpins ne broncha!

« Enfin! Il y eut trente alpins sur le sommet.

« Alors une salve éclata : une seule! illuminant la nuit d'un éclair fugitif et aussitôt après, un grand cri victorieux : « *Evviva l'Italia!* »

« Nos héros se jugeant en nombre suffisant et laissant même cinq des leurs à la corde, n'avaient pas attendu plus longtemps pour attaquer les Autrichiens!

« Ceux-ci surpris, ayant eu d'ailleurs la moitié des leurs jetés à terre par cette décharge, ne se défendirent pas. Ignorant le nombre de nos hommes qui se lançaient sur eux à la baïonnette, ils levèrent les mains en criant : « Amis! »

« D'en bas, nous fîmes un formidable écho à ce cri de : « Vive l'Italie! » Après avoir gardé pendant si longtemps un silence angoissé, c'était pour nous un indicible soulagement de donner libre cours à notre enthousiasme.

« Cependant l'ascension continuait sans arrêt. Les Autrichiens pouvaient être en force à proximité et il fallait parer à une contre-attaque possible.

« Au petit jour, le petit plateau de la pyramide était solidement occupé. Nos troupes, s'installant dans les abris des Autrichiens, avaient en hâte creusé des tranchées sur leur front et nos mitrailleuses, hissées par la corde, en défendaient l'approche.

« Mais ce n'était pas tout : notre général tenait à son idée d'y installer une pièce lourde.

« De fait, ce pic était une position superbe. Si superbe, que les Autrichiens, s'y jugeant hors d'atteinte, s'étaient relâchés de leur vigilance. Ce qui les avait perdus!

« Tu comprends bien que pour hisser là-haut un 220, une de ces pièces énormes provenant des établissements français du Creusot, une simple corde ne pouvait suffire comme pour une mitrailleuse.

« Pics et pioches mordant difficilement sur ce sol, il fallut trouer à la dynamite le mur de granit.

« Ce fut l'œuvre de nos soldats du génie qui, hissés le long de la paroi, l'entamèrent par l'explosif là où s'arrêtait le fer.

« Malheur à eux si l'explosion se produisait avant qu'ils fussent hors de portée! J'ai vu la corde qui soutenait l'un d'eux

Non, pas des anges, ni même des démons, mais des contrebandiers (p. 9).

dans le vide tranchée net au-dessus de sa tête par un quartier de roc qui s'effondrait. L'infortuné est venu s'écraser sur le sol.

« Malgré cela, vers le milieu de la journée, treuils et palans étaient en position, solidement encastrés dans la roche. Sur le sommet une grue était installée et, le même soir, notre 220, démonté, hissé pièce à pièce, puis remonté, était en place, battant les positions ennemies.

« Quel moment! Nous étions fous de joie et d'orgueil. Le froid, la neige, les obus de l'ennemi, qui éclataient impuissants au-dessous de nous, nous avions tout oublié!

III

UN COUPLE D'ESPIONS

Bassi parlant, Berla écoutant, avaient complètement négligé leurs deux voisins.

L'attitude de ceux-ci eût pu sembler étrange à un observateur.

Ils ne mangeaient pas, ayant depuis longtemps expédié leur *maccheronata*. Ils ne buvaient point, ne commandaient rien au *cameriere* qui, deux ou trois fois, s'était discrètement approché; enfin, chose plus bizarre, ils n'échangeaient entre eux aucune parole.

Etait-ce possible que ce fût l'amour qui les absorbât à ce point?

Si la jeune femme qui tournait le dos aux deux officiers possédait une figure belle et expressive, par contre, son compagnon ne rappelait nullement le type élégant ou robuste du séducteur.

Pourtant leurs pieds qui se rencontraient sous la table en un langage muet, et leurs regards, qui semblaient se pénétrer, indiquaient qu'ils communiaient en une même pensée. Mais cette pensée-là était-elle bien l'amour?

« Le jeu de leur physionomie ne l'indiquait pas.

Lorsque Bassi eut terminé son récit, la jeune femme eut une moue qui signifiait clairement : « Peuh! ce n'est guère intéressant pour nous. »

A quoi l'homme répondit par un clignement d'yeux non moins expressif qui voulait dire : « Attendons! On ne sait jamais. »

Bassi eût pu s'en apercevoir, ayant l'inconnu pour vis-à-vis, mais son regard ne se dirigeait pas vers lui. Ce regard errait dans le vague, attendri par les souvenirs et un peu par la chaleur béate d'un bon dîner pris en tête à tête avec un camarade.

— A quoi rêves-tu maintenant? lui demanda Berla. A quoi... ou à qui?

— A rien, répondit Bassi, à rien et à tout! Mais il est l'heure de rentrer.

Berla fit signe au *cameriere,* qui accourut apportant l'addition.

— Demain, c'est toi qui seras mon invité, dit Bassi à son camarade en le laissant régler. Nous reviendrons ici, la cuisine y est bonne, et nous causerons encore des choses de guerre.

La jeune femme et son vis-à-vis échangèrent un coup d'œil.

Les deux officiers s'étaient levés, se dirigeant vers la porte.

— A propos, où loges-tu? demanda Berla s'arrêtant sur le seuil.

— Via Nazionale, et toi?

— Via Cola di Rienzi.

— Aux antipodes!

Et ils sortirent.

A peine eurent-ils disparu, la physionomie de leurs deux voisins se détendit et, chose incroyable, ils parlèrent.

— Il n'y a rien à tirer des histoires de ce fou! murmura dédaigneusement la jeune femme.

— Qui sait! répondit l'homme sur le même ton.

Et, après une pause, il ajouta :

— Toujours la même, Giulia *mia!* Prompte à saisir, mais trop prompte aussi à conclure.

— Je n'aime pas perdre mon temps à écouter des sornettes. Je vous le demande, a-t-il dit quoi que ce soit dont nous puissions tirer profit?

Et celle que l'individu venait de prénommer Giulia eut un froncement de sourcils irrité.

— Certes, il a manqué à tous ses devoirs, fit ironiquement l'homme rasé. Mais puisqu'il doit y avoir une suite à la conversation d'aujourd'hui, il ne nous en coûte rien de revenir l'entendre demain. Aller écouter dans un restaurant ou dans un autre!

— Si vous croyez que « monsignore » se paie de cette monnaie-là!

— Monseigneur sait très bien que c'est en cherchant qu'on trouve. C'est dans l'Evangile... un livre qu'il doit connaître particulièrement.

Et l'espion eut un petit rire jovial.

— Soit! concéda sa compagne. Mais que faisons-nous ici? Nous n'avons plus rien à écouter.

Décidément, Giulia était une femme active, qui n'aimait pas, comme elle le disait, perdre son temps.

Née à Venise d'un père illyrien et d'une mère napolitaine, elle ne se sentait pas plus attachée à l'Italie qu'à l'Autriche. Elle s'était, par conséquent, trouvée prête à servir le gouvernement de François-Joseph moyennant bon salaire.

Du moment que ce salaire était honnête, peu lui importait que les tâches à remplir ne le fussent pas.

Aventureuse et intrigante, Giulia Monbazi (c'était son nom actuel, elle en avait souvent changé!) avait été une bonne recrue pour le service d'espionnage austro-allemand dirigé à Rome par monsignore von Gerlach.

Ce prélat, qui usait et abusait de ses fonctions pour conspirer contre l'Italie, fille abhorrée de la Révolution, avait recruté toute une équipe d'agents secrets. Il se connaissait en hommes... et aussi en femmes : Giulia avait été appréciée et chargée occasionnellement de petites missions dont elle s'était bien tirée.

Néanmoins elle n'avait pas encore émergé au premier plan des grandes espionnes. Et même, en ce moment, elle était chargée d'une tâche qu'elle estimait fort au-dessous de sa valeur : celle d'aller dans les lieux publics surprendre la conversation des officiers et des fonctionnaires civils.

Elle se trouvait avoir pour auxiliaire dans l'accomplissement de cette besogne Otto Alt, dit Ricardo Devilnar, dit Frank Liber, dit... La kyrielle des noms de cet individu était interminable et lui-même eût pu s'y égarer. Aussi avait-il pour principe de ne se rappeler que son nom en cours et d'oublier ceux qui lui avaient déjà servi : vêtements qu'il ne devait plus remettre!

Pour la nationalité, c'était comme pour les noms : Otto en changeait avec une facilité remarquable, parlant les principales langues européennes. Il se rappelait pourtant qu'il était né à Munich, de parents suisses, au service des Bourbons exilés de Naples, ce qui lui avait permis d'entrer dans la domesticité de monsignore von Gerlach et de l'accompagner à Rome.

Puis Otto avait été élevé peu à peu au rang de majordome par le prélat allemand, qui avait reconnu ses aptitudes. Son esprit à la fois souple et réfléchi s'était merveilleusement développé dans un milieu d'intrigues savantes. De fil en aiguille, il avait conquis la confiance de son maître, qui l'avait chargé de recruter son personnel d'espionnage.

C'est ainsi qu'il avait découvert Giulia et lui avait reconnu des qualités propres à faire d'elle une bonne espionne.

— Mais, lui répétait-il, pas de nervosité! Du sang-froid! Encore du sang-froid! Et toujours du sang-froid!

Lorsque Giulia s'était plainte d'être condamnée, après avoir fait ses preuves, à jouer un rôle aussi médiocre que celui de rapporteuse de conversations, Otto lui avait répondu, placide et paterne :

— Il n'y a pas de rôle négligeable dans la bataille qu'est la vie. Le simple soldat placé dans un poste d'écoute permet à ses chefs l'offensive et la victoire. Vous êtes, pour le moment, dans un poste d'écoute, Giulia, ne vous en plaignez pas!

Cependant, pour contrôler en l'encourageant la jeune femme dont il gourmandait l'humeur impatiente, Otto l'accompagna. Il n'avait aucune besogne particulièrement pressée et il aimait à stimuler au travail ses subalternes.

Giulia, d'ailleurs, l'intéressait, non parce qu'elle était jeune et suffisamment attrayante, mais parce qu'elle possédait de l'étoffe.

Ce jour-là, ils avaient pris part, en bons Italiens, à la grande manifestation populaire. Se divisant le travail, ils s'étaient attachés, lui, paterne et rond d'allures, à entreprendre un groupe d'employés de ministère; elle, jeune et jolie, à lier conversation avec des officiers mêlés à la foule des civils.

— Vive Battisti! Vivent nos héros! barytonnait Otto avec des trémolos patriotiques.

— Mort à l'Autriche! lançait Giulia en mezzo-soprano.

Malgré leur astuce et leur persévérance, les deux espions n'avaient recueilli aucun renseignement d'importance.

Ils s'étaient retrouvés sur le Corso, assez mécontents de leur journée, Giulia plus agacée que jamais.

Comme ils débouchaient sur la Piazza del Popolo, ils avaient croisé Bassi et Berla descendant du Pincio.

Quelques mots échangés à haute voix entre les deux officiers ayant attiré leur attention, ils avaient prêté l'oreille et surpris le rendez-vous donné au restaurant Selaggi.

— Ces jeunes gens vont se raconter leurs faits de guerre devant quelque flasco de Chianti, avait murmuré Otto à l'oreille de sa compagne. Ils s'échaufferont en parlant et buvant. Qui sait si nous ne pourrons glaner dans leur bavardage quelque chose d'intéressant?

Et voilà pourquoi Otto et Giulia, aux aguets dans la Via del Babuino, étaient entrés au restaurant peu d'instants après les deux sous-lieutenants et avaient pris place assez près d'eux pour entendre leur conversation.

IV

LA CAMPAGNE SUR L'ISONZO

Le lendemain soir, Berla et Bassi se retrouvèrent à la même table.

Ils exultaient : Rome et toute la péninsule venaient d'apprendre l'avance victorieuse des 2e et 3e armées italiennes sur la ligne du Vipacco. Six mille Autrichiens s'étaient rendus!

— Oh! murmurait Berla. Ce Carso! Ce Carso! C'est une bataille dans l'enfer!

Ses yeux brillaient d'une exaltation indicible. On voyait que son esprit se rappelait des scènes inoubliables et, en même temps que le vaillant officier eût tout donné pour se retrouver dans cette atmosphère fulgurante, au milieu de ses camarades.

Bassi, non moins ardemment patriote, mais qui, ce jour-là, était l'amphitryon, commença par commander un *fritto misto* (1) et des *polpettoni* (2), sans oublier le vin. Puis il dit à son compagnon :

— Je suppose, mon très cher, que tu as une riche collection de souvenirs sur le Carso. Pas n'est besoin d'attendre l'instant solennel du dessert pour les évoquer.

— Qu'il soit fait selon ton désir, répondit Berla.

---

(1) Friture comprenant foie, cervelle, tranches de viande et feuilles d'artichaut.

(2) Boulette de viande hach

A ce moment, la porte du *salotto* s'ouvrit, livrant passage à Otto et à Giulia qui, sans hésitation, se dirigèrent vers leur table de la veille.

— Ils étaient là hier, murmura Bassi. Ce sont des habitués qui ont sans doute leur table.

— Des habitués... je ne crois pas, répondit son ami. Je ne les ai jamais rencontrés ici. Après tout, ils ne nous gênent pas.

— Dommage que la femme soit laide!

— Laide! Comment diable peux-tu le savoir, puisqu'elle porte une voilette?

En effet, Giulia qui, la veille, était sortie le visage découvert, l'estompait maintenant derrière un tulle mauve.

— Justement, répondit Bassi, la voilette a été inventée par quelque vieille fée louche et édentée pour cacher sa laideur. Une jolie femme n'a pas le droit de s'en servir.

Comme si elle eût entendu les paroles prononcées pourtant à voix basse par le jeune officier, Giulia, en ce moment, releva sa voilette. Mais comme elle venait de s'asseoir à la même place que la veille, tournant le dos aux deux jeunes gens, ceux-ci ne purent discerner un agréable visage donnant un complet démenti aux propos légers de Bassi.

Sans accorder plus que la veille d'attention à leurs voisins, les deux officiers reprirent leur conversation.

— La lutte sur le Carso, dit Berla, a été, je le répète, une lutte dans l'enfer.

« Pourtant dans cet enfer, sous les feux convergents des tranchées autrichiennes, des batteries de montagne et des *aviatiks* planant au-dessus de nos têtes, la neige ne manquait pas plus que sur les pics du Trentin.

« L'hiver, elle recouvrait, traîtresse, les excavations profondes dans lesquelles s'engouffraient nos pauvres alpins. Ou bien, élevée en rempart, elle cachait des Autrichiens qui, lorsque nos reconnaissances s'avançaient, les fusillaient à bout portant.

« Le passage de l'Isonzo s'était accompli superbement au lendemain de la déclaration de guerre.

« Le 10 juin, Monfalcone et son chantier naval tombaient entre nos mains; sept jours plus tard, nous commencions le bombardement de Gorizia et bientôt la bataille pour la conquête des premières pentes du Carso.

« Après trois mois de luttes incessantes, nous débouchions enfin des pentes sur le sommet du plateau, où la lutte continuait plus furieuse que jamais.

« Arrêtés devant Gorizia, nous cherchions à déborder cette ville par le nord, tout en l'attaquant de front par l'ouest.

« Mais pour cela, il fallait nous assurer la possession, sur les deux rives de l'Isonzo, des montagnes qui dominent le cours du fleuve.

« A Plava, avec un élan superbe, notre infanterie avait forcé les lignes ennemies et constitué une tête de pont solide. Caporetto, plus au nord, avait été occupé par nous.

Le soir, notre 220 était en place, battant les positions ennemies (p. 12).

« Mais, en face de ce dernier point, c'était le massif du Monte-Nero, dominant toute la contrée de sa masse géante.

— Plus de deux milles mètres, n'est-ce pas? interrompit Bassi.

— Exactement, deux mille deux cent quarante-cinq.

« Quelle montagne! On pourrait l'appeler la montagne des éclairs. La neige y descend en tourbillons que trouent, illuminent, multicolorent les lueurs de la foudre. En toute saison, le tonnerre y gronde. Le Monte-Nero est saturé d'électricité comme un immense accumulateur.

« Sans doute cela tient-il à la présence d'abondants métaux magnétiques renfermés dans ses entrailles. Leurs couches agiraient comme les disques superposés d'une pile.

« Telle est du moins l'hypothèse explicative que donnent les savants.

« Qu'y a-t-il d'exact là-dedans? Je l'ignore.

« Ce que je sais, c'est que cette montagne, avec son sommet perdu dans les nuages, ses flancs abrupts enveloppés d'éclairs et découvrant au nord un abîme à pic de douze cents mètres, apparaît fantastique, surnaturelle, comme la gardienne géante des vallées du Haut-Isonzo. La tempête, la foudre, les avalanches de neige sont ses armes.

« Qu'est-ce que la lutte contre les hommes à côté de la lutte contre la montagne elle-même et les éléments!

« Pourtant nos braves alpins ont réalisé le miracle de vaincre à la fois la montagne et les hommes!

« Des ascensions vertigineuses les amenaient sur les tranchées autrichiennes dont ils s'emparaient dans des charges à la baïonnette irrésistibles, épiques.

« Mais conserver était encore plus difficile que conquérir! Après avoir occupé des cimes qui semblaient inaccessibles, il fallait y organiser le ravitaillement, la relève, l'afflux régulier des transports.

« Des cordes traversant des abîmes amenaient nos hommes sur des pics qu'on eût jurés inviolables. Là où les auto-camions ne pouvaient cheminer, de longues files de mulets transportaient vivres et provisions.

« Parfois nos compagnies demeuraient isolées des journées entières dans une zone mortelle, battue, fouillée par la mitraille.

« Quel cauchemar! J'en ai conservé une vision fantastique.

« Le feu infernal des Autrichiens faisait dans nos rangs des vides terribles, forçant notre commandement à regrouper sans cesse régiments et batteries. J'ai parcouru ainsi pendant l'été dernier le Haut et le Moyen-Isonzo, le Monte-Nero, Plava, le Sabotino, Oslavia, qu'on pourrait appeler le Vallon de la Mort.

« Oslavia, position difficile à défendre, a été sans cesse pris et repris. L'hiver dernier, nous y étions encore courbés sous le bombardement ininterrompu des pièces monstres, des 210, des 280, des 305. Et, lorsque la tempête d'obus avait pris fin, c'était l'assaut furieux de l'infanterie autrichienne.

« Le 12 janvier, nous étions bombardés à outrance; le lendemain, plus encore. On tenait bon, cependant, sous la rafale de fer, sentant venir l'offensive ennemie. Le tonnerre de cette artillerie se faisait entendre jusqu'à Udine.

« La journée du 14 fut épouvantable. Nos tranchées s'écroulaient, ensevelissant les soldats sous une pluie d'argile, de gravats et de matériaux lourds. Nos blindages d'acier volaient en éclats. Derrière nos positions, des troncs d'arbre énormes, dépouillés de leur frondaison, étaient emportés comme des fétus de paille par l'ouragan de mort.

« Quelle différence avec les batailles du passé, que nous avions étudiées à l'École et que nous rêvions avec notre imagination d'enthousiastes Latins!

« Dans la guerre moderne, l'héroïsme suprême, c'est la force d'inertie! C'est de rester immobile, supportant tout, luttant contre ce seul ennemi, l'instinct de conservation!

« Sans attendre l'arrivée de renforts qui ne diminueraient pas le péril et augmenteraient les pertes, il faut rester tapi là où peut se trouver un abri, en arrière de la tranchée bouleversée. Il faut y rester coûte que coûte, silencieux, attendant, jusqu'au moment où, le canon se taisant, on court reprendre son poste sur la position détruite pour y arrêter l'assaut de l'ennemi.

« Et à Oslavia il n'y avait pas d'abris en arrière des tranchées!

« La nuit du 14 janvier fut inoubliable.

« Le bombardement autrichien avait cessé. La nuit, calme et froide, était éclairée par la lune et, sous sa lueur spectrale, on pouvait voir nos soldats travailler hâtivement à rétablir et renforcer leurs tranchées dévastées.

« Soudain la canonnade reprit, furieuse.

« Nos ennemis faisaient usage de leurs nouveaux *schrapnells-grenades* qui éclatent deux fois, d'abord dans l'air, puis sur le sol.

« A neuf heures et demie, nouveau silence. Puis, sur toute la ligne, la fusillade éclata.

« Ma batterie se trouvait à environ sept cents mètres de la tranchée, derrière un rempart épais de madriers et de sacs de terre recouverts d'une couche glaiseuse. De là je distinguais, dans le fond vaporeux et obscur du paysage nocturne, les lumières de Gorizia, brillantes comme des constellations.

« La principale position d'Oslavia est formée par deux petites collines: la plus haute, celle de gauche, est la cote 188; l'autre, oblongue, celle de droite, est la colline d'Oslavia. Entre les deux, dans une légère dépression dite « la Sella d'Oslavia ». descend la route de Gorizia.

« Ce fut sur ce dernier point que porta le plus fort de l'attaque autrichienne.

« Huit bataillons ennemis s'étaient lancés à l'assaut. Quatre étaient formés de troupes fraîches venues d'au delà de la Lubiana. Ils étaient arrivés le matin même par chemin de fer à Gorizia où ils avaient trouvé tout préparés un bain et un repas. Puis, dans l'après-midi, ils s'étaient mis en marche vers le front. Les autres bataillons appartenaient aux troupes du secteur.

« Un fait que j'oubliais et qui est bien caractéristique de la fourberie de ces gredins : Pendant la première accalmie de l'artillerie, un officier autrichien s'était avancé vers nos tranchées de La Sella en criant : « Italiens, ne tirez pas! On a conclu un armistice! ».

« Sans doute voulait-il reconnaître en s'abritant sous ce mensonge si la Sella était occupée.

« Plus tard, on entendit des acclamations dans les lignes ennemies et des voix criant en italien : « On a fait la paix! »

« Selon un prisonnier qui fut capturé au cours du combat, il s'agissait de la paix... avec le Monténégro.

— Ah! les *birbanti*! fit Bassi en riant. Heureusement que nous autres Italiens sommes encore plus fins qu'eux.

A leur table, Otto et Giulia échangèrent rapidement un regard ironique.

Ils avaient écouté la conversation de leurs voisins silencieusement, comme la veille, sans faire un geste, mangeant leur maccheronata avec une lenteur qui étonnait le cameriere, apparu deux ou trois fois dans la salle.

De fait, ils ne pensaient guère à leur repas. Toute leur attention était tendue pour saisir au vol les paroles du causeur.

Celui-ci continuait :

— Quelle bataille, Orlando *mio*! Elle a duré deux jours et deux nuits.

« Les Autrichiens creusaient des galeries dans la neige et débouchaient à quelques mètres de nos tranchées. Des mêlées furieuses s'engageaient à la baïonnette et, tout au loin, on entendait les hurlements, les clameurs furieuses se mêlant au pétillement de la fusillade, au bruit sec des mitrailleuses, aux explosions des grenades.

« Dans la nuit, nous avions perdu nos positions d'Oslavia. Le 16, au coucher du soleil, nous les avions entièrement reconquises.

« Mais ce n'était qu'un court répit. Le 24, nouvelle attaque des Autrichiens : leur canonnade arrivait à un formidable crescendo qu'elle n'avait jamais atteint.

« Et soudain le ciel, jusqu'alors radieusement clair, se voila. Une nuée hivernale, froide et dense, enveloppa toutes choses d'une lividité crépusculaire.

« Déjà l'artillerie s'était tue. Les Autrichiens, pensant arriver inaperçus sous ce voile de vapeur de plus en plus dense, s'étaient lancés à l'assaut.

« Rien ne peut rendre l'horreur de cette lutte corps à corps dans une obscurité devenue complète. La nuée sombre s'étendait jusqu'à notre batterie. Silencieux, angoissés, nous cherchions vainement à voir devant nous. Le brouillard couvrait tout, comme un impalpable linceul et, sous ce linceul, nous entendions seulement la clameur de mort furieuse et confuse.

« Les combattants s'égorgeaient sans se voir, ne distinguant plus les amis des ennemis. « Parle! » criaient nos soldats avant de frapper.

« Sur la Sella, un capitaine de bersaglieri saisit à la taille un homme qui lui semblait être des siens et se retirer du combat. « Honte! lui cria-t-il. En avant tout de suite! » L'homme leva les mains : c'était un Autrichien!

« Peu à peu la clameur du combat diminua : les Autrichiens, incapables d'avancer dans cette nuit, cherchaient à se replier. Plusieurs, croyant se retirer dans leurs lignes, s'égaraient dans les nôtres et se rendaient.

« Lorsque la nuée se fut peu à peu dissipée, on distinguait le sol jonché de cadavres et la neige marbrée de larges flaques rouges.

V

L'AUTRICHIENNE DE GORIZIA

BERLA, ayant achevé ce récit, respira longuement. Son ami lui versa un plein verre de barbera et lui dit :

— Bois, *per Bacco*! tu as parlé à la fois comme Apollon, dieu de l'éloquence, et comme Mars, dieu de la guerre. A ta santé et à celle de notre père Cadorna!

Leurs verres s'entre-choquèrent.

— Tout de même, reprit Bassi, tu m'as parlé de l'Isonzo plus que du Carso. Et tu ne m'as pas dit où, quand et comment tu avais reçu ta blessure.

— Soit, fit Berla. Cette blessure m'a été faite à Gorizia et par une femme!

A la table voisine, Giulia Monbazi eut un tressaillement.

Ce sursaut, réprimé aussitôt, fut inaperçu des deux officiers, mais non d'Otto, qui fixa sur sa vis-à-vis un regard sévère.

— Par une femme! exclama Bassi. Et tu n'en soufflais mot! Voyez-vous le cachottier!

— Mon cher Orlando, mes aventures personnelles ont bien peu d'importance au milieu de cette tragique épopée mondiale.

— Pas de fausse modestie! Le récit!

— Le voici en deux mots.

« Le 9 août, nos troupes victorieuses, après plusieurs jours de durs combats, entraient dans Gorizia, chassant devant elles l'armée du général Zeller.

« Pendant que la cavalerie du comte de Turin se lançait à la poursuite de l'ennemi, notre infanterie et notre artillerie occupaient rapidement les points stratégiques de la ville.

« J'avais été détaché avec une demi-batterie sur la place du Marché, ayant avec moi dix-huit hommes. Nous étions couverts en avant par un bataillon de bersaglieri, à droite et à gauche par des compagnies cyclistes.

« L'ennemi, rudement talonné, semblait hors d'état d'esquisser le moindre retour offensif. Aussi nombre d'habitants, rassurés, commençaient-ils à sortir de leurs maisons et à s'approcher de nous, quelques-uns criant : « Amis! Vive l'Italie! » d'autres nous offrant du vin et des gâteaux.

« Nous étions radieux, enthousiastes et heureux de fraterniser avec eux.

« Tout à coup des obus commencent à pleuvoir autour de nous avec une précision stupéfiante. En un clin d'œil la place est déserte, la moitié de mes hommes étant à terre et les civils s'étant enfuis.

« Evidemment nous étions repérés et bien! Sur trois pièces, deux gisaient déjà sur le sol, leurs affûts brisés. Je me hâte de faire reculer la troisième à couvert sous le porche d'un grand bâtiment.

« Il était temps! Quelques secondes plus tard une nouvelle volée d'obus s'abattait sur l'emplacement que nous venions de quitter.

« Peut-être quelque aviatik nous avait-il signalés?

« J'inspectai le ciel. Rien! Au nord deux avions planaient bien, assez bas, mais ils portaient les couleurs italiennes.

« Il importait cependant de découvrir l'ennemi caché qui nous avait signalés.

« Laissant le brigadier Persini avec sept hommes à la garde

du canon, je pris les deux qui restaient pour explorer rapidement les alentours.

« Les rues adjacentes étaient désertes. Nul signe de vie : les habitants se tenaient cachés, attendant la fin du bombardement.

« Soudain mon attention fut attirée par un drapeau italien flottant à une fenêtre.

De longues files de mulets transportaient vivres et munitions (p. 19).

« Instinctivement, je me dirigeai de ce côté. Peut-être l'immeuble était-il habité par des irrédentistes qui pourraient me donner quelque indication utile.

« La porte était fermée, mais au premier — la maison n'avait que deux étages — quelqu'un, derrière les rideaux, surveillait la rue, car la fenêtre s'entr'ouvrit et une voix de femme me jeta ces mots :

« — Vive l'Italie! Entrez, monsieur! »

Si Bassi eût pu voir de Giulia autre chose que le dos, il eût été frappé de la pâleur et de la crispation de son visage. Mais il n'avait devant son regard d'autre figure que celle d'Otto, lequel, impassible, semblait concentrer toute son attention sur son assiette.

Quant à Berla, il tournait, on s'en souvient, le dos à ses deux voisins et, aussi occupé à conter que son ami à écouter, il ne s'était pas retourné une seule fois.

Aussi pas plus l'un que l'autre n'avait remarqué l'attitude de ce couple étrangement taciturne qui, tout en gardant un mutisme anormal, prolongeait sa station au restaurant, avalant une bouchée toutes les cinq minutes.

Le *cameriere*, lui, s'en était fait la remarque mais il l'avait discrètement gardée pour lui. Le pourboire était honnête : cela seul lui importait

— La porte me fut ouverte l'instant d'après, continua Berla. Une jeune femme, assez jolie, ma foi, — je la reconnaîtrais entre mille, — se tenait devant moi.

« — Entrez, répéta-t-elle. Nous sommes ici des patriotes. Mon père était ami d'Oberdank (1).

« Ce nom fit son effet : je m'inclinai en serrant la main qu'on me tendait.

« La femme eut un geste pour refermer la porte : j'étendis le bras pour l'arrêter.

« — Pardon, dis-je, j'ai des hommes avec moi.

« Je crus voir passer une ombre sur son visage.

« — Combien? demanda-t-elle vivement.

« — Deux.

« — Très bien. Et les autres?

« — A cinquante mètres, sur la place.

« — Dites à vos deux compagnons d'entrer. Je vais vous faire porter des rafraîchissement. Nous aimons tant les Italiens!

« Ah! la coquine!

« Sa main s'était appuyée à la muraille du vestibule, pressant un bouton.

« Elle s'était avancée sur le seuil. Elle jeta un coup d'œil sur la rue, s'assurant qu'il n'y avait bien que deux soldats.

« — Dando! Fanti! appelai-je.

« Mes deux artilleurs, que j'avais laissés à dix pas en arrière, sous l'abri d'une petite terrasse, accoururent.

« — Entrez, amis! fit l'accueillante hôtesse. On va boire à la santé du roi d'Italie... notre roi.

« Contents de l'aubaine, ils remercièrent d'un sourire.

« Cependant ce n'était pas pour me rafraîchir que j'étais venu dans cette maison.

« — Madame, dis-je, notre batterie sur la place a été repérée. Savez-vous si, dans le voisinage, habite quelque *austriacante* (2) capable de nous avoir signalés?

« Sa figure ne changea point de couleur.

« — Je ne le crois pas, répondit-elle. Mais si vous voulez bien venir avec moi, je vous mènerai dans une chambre sous le toit, d'où vous pourrez voir les maisons voisines et la cam-

(1) Martyr de l'irrédentisme qui conspira contre François-Joseph et fut pendu à Trieste en 1882.

(2) Partisan des Autrichiens.

pagne. Peut-être surprendrez-vous quelque signal fixe ou mobile.

« — J'accepte et vous remercie, dis-je.

« Cependant un homme, trapu et jeune encore, apparaissait au bout du vestibule, l'air réjoui et aimable... un peu trop aimable.

« — Andrea, dit la jeune femme, il faut prendre soin de ces braves garçons. (Elle désignait mes artilleurs.) Du marsala, des biscuits et des cigares!... Monsieur, si vous voulez?

« Je m'inclinai et la suivis pendant qu'Andrea, de son côté, ouvrait à Dando et Fanti la porte d'un petit salon.

« Elle s'arrêta sur le palier du premier étage, poussa une porte entr'ouverte et s'effaça en me disant :

« — Entrez donc!

« Au même instant, un cri terrible m'arriva d'en bas et je me sentis saisi par deux bras vigoureux avant d'avoir eu le temps de me reconnaître.

« Je me débattis désespérément et, m'arrachant à la mortelle étreinte, me précipitai vers l'escalier, bousculant la misérable femme.

« Je puis le dire en toute sincérité, c'était moins encore pour sauver ma vie que pour voler au secours de mes pauvres soldats que je descendais quatre à quatre.

« Dans quel guêpier infernal étions-nous tombés?

« Tout à coup, comme j'allais atteindre les dernières marches, les claquements secs du browning retentirent derrière moi et je m'abattis lourdement au bas de l'escalier.

« La femme avait tiré sur moi!

« Par bonheur elle avait visé trop bas et, au lieu d'avoir le corps traversé, j'avais simplement la cuisse droite brisée.

« Une chance!

« Cette maison, à la façade de laquelle flottait hypocritement le noble drapeau italien, était un repaire caché d'Autrichiens!

« Heureusement, malgré le double étourdissement de ma chute et de ma blessure, pas un instant je ne perdis connaissance. Je me rappelai que, moi aussi, je portais un revolver et, l'instant d'après, je l'eus en main.

« Il était temps!

« Deux hommes avaient surgi du petit salon où étaient entrés les artilleurs. Un troisième, celui à l'étreinte duquel j'avais échappé, descendait en hâte l'escalier.

« Tous trois se précipitaient vers moi, armés de couteaux. Sans doute avaient-ils aussi des revolvers, mais je pense qu'ils voulaient éviter un bruit susceptible de donner l'éveil. Ils devaient me croire à demi mort et supposer qu'un coup de couteau suffirait pour m'achever.

« L'homme de l'escalier, n'était plus qu'à trois marches de moi lorsque je le visai et fis feu. Il s'abattit à mes pieds lourdement, sans un cri, et je n'eus qu'à allonger le bras pour saisir le couteau échappé à sa main.

« Ce mouvement me sauva la vie. L'un des deux autres s'était jeté sur moi pour me frapper entre les épaules; son coup porta à faux et l'homme, entraîné par son élan, chancela. Avant qu'il ne fût remis d'aplomb, je le clouai au sol d'une balle.

« Le troisième se précipitait sur moi. Sous son choc, je pliai. Un de ses bras, passé autour de mon corps, cherchait à paralyser les miens; l'autre allait me frapper.

« Je sentis la lame d'acier traverser mon uniforme et son contact avec la chair me fit froid.

« J'étais perdu.

« Soudain l'homme s'abattit, la tête fracassée, sur le cadavre de son camarade.

« Par un suprême effort je me redressai, et qu'est-ce que je vis?

« Devant moi, sanglant, la tête balafrée, l'uniforme troué de coups de couteau, mais debout, se tenait l'un des artilleurs.

« Sa main étreignait le goulot d'une bouteille qu'il venait de casser sur le crâne de l'Autrichien, si bien que le vin et le sang se mélangeaient à la terre dans la même flaque rouge.

« — Merci! murmurai-je. Ouvre la porte!... Appelle à l'aide!

« Aussitôt, un flot de soldats et de civils envahissaient la demeure maudite.

« On y trouva le cadavre du second artilleur, traîtreusement poignardé, et ceux des trois Autrichiens.

« Une perquisition fit découvrir au second étage un appareil de télégraphie sans fils par lequel notre batterie avait été signalée à l'ennemi.

« Mais la jeune femme avait disparu ainsi que ses autres complices.

« Une corde à nœuds, pendant de la barre d'appui d'une

fenêtre dans une cour intérieure, indiquait comment tout ce monde s'était enfui.

« Voilà l'histoire de ma blessure. J'espère qu'elle aura un épilogue car un pressentiment me dit que je retrouverai la coquine, et, si femme qu'elle soit, je ne la manquerai pas. »

Un éclair brilla dans l'œil noir de Giulia Monbazi dont la main se crispa sur le manche du couteau à dessert. Un avertissement du pied d'Otto sous la table lui enjoignit impérieusement le calme.

Pendant le long récit, que Bassi avait écouté pensif, le temps avait marché: il se faisait tard. L'amphitryon, rappelé à la réalité par un coup d'œil sur la pendule, paya la note, puis se leva, ainsi que son ami.

Lorsqu'ils eurent quitté l'établissement, Giulia dit d'une voix frémissante à son compagnon :

— Otto, voici un homme dont il faut nous débarrasser!

VI

AU TRANSTÉVÈRE

Le lendemain dans la soirée, Berla franchissait le pont Garibaldi, s'acheminant dans la direction du Transtévère.

Il était seul ou, tout au moins, il le croyait.

En effet, il n'avait pas remarqué un homme de mine fâcheuse, mal vêtu, borgne et déjà grisonnant, mais de forte stature, qui marchait dans son sillage, s'arrêtant lorsqu'il s'arrêtait et ne le perdant pas de vue.

Dans la matinée, le facteur avait apporté à son hôtel une lettre ainsi conçue :

Monsieur.

Je vous demande instamment de vouloir bien vous trouver ce soir, à dix-huit heures, chez moi, 6, via delle Rimesse (Transtévère).

Espérant en votre ponctualité, je vous prie d'agréer mes salutations très distinguées.

LUIGIA NASTI.

Semblable message ne pouvait manquer de l'intriguer fort. Pas d'explications et comme signature un nom de femme! La femme lui était inconnue mais point le nom. C'était celui d'un de ses camarades de promotion, actuellement sur le Carso, à moins que la destinée malveillante ne l'eût couché pour toujours à quelques pieds au-dessous.

— C'est sa mère ou sa sœur qui aura appris, j'ignore comment, mon arrivée à Rome et espère avoir par moi de ses nouvelles.

Ainsi conjecturait Berla tout en s'étonnant un peu que sa correspondante inconnue se fût à peine excusée de le déranger.

Mais comme, en véritable officier italien, il était la courtoisie même, avec une pointe de galanterie quand il avait affaire à une dame, fût-elle vieille et laide, il déférait sans rechigner à cette invitation.

Avant qu'elle eût le temps de se reconnaître, Giulia était saisie et entraînée (p. 31).

Au contraire, le côté un peu énigmatique du rendez-vous l'intéressait. Il ne détestait pas l'imprévu qui rompt la monotonie de l'existence.

Berla passa le pont sur lequel se lisent, gravées dans la pierre, les victoires de cette fulgurante épopée garibaldienne qui eut pour théâtre les deux mondes.

Parvenu sur la rive droite, il s'engagea dans le quartier transtévérin qui s'étend au pied du célèbre mont Janicule. Quartier pittoresque dans son débraillé et où les rixes tragiques sont moins rares qu'ailleurs. Dans des *vicoli* sombres et étroits, bordés de maisons lézardées aux fenêtres pavoisées de vieux linges, apparaissaient de-ci de-là des physionomies farouches, qui semblaient descendues de quelque tableau de Salvator Rosa.

Ce quartier, d'ailleurs, est une pépinière de modèles et ses habitants, s'ils conservent par intérêt professionnel le type classique du bandit de grand chemin, sont pour la plupart de fort honnêtes gens. Seulement, ils ont le verbe enflammé, le geste prompt et il ne faut pas les regarder de travers.

Quand on a dans ses veines le sang des anciens conquérants du monde, il faut bien se faire respecter!

Berla, par habitude, regardait moins les visages masculins que ceux des Transtévérines, d'une beauté un peu sauvage, mais d'une grande pureté de lignes.

— Dans quel singulier quartier est allée loger la signora Nasti! songeait l'officier qui, natif de Gênes, connaissait assez mal Rome.

Il traversa la via della Lungaretta et de nouveau s'engagea dans un dédale de rues étroites.

L'inconnu le suivait toujours.

Soudain, ils se trouvèrent tous deux — le borgne à dix pas derrière Berla — dans un vicolo (1) étroit, désert, orné çà et là de monceaux de détritus.

Berla, qui était un délicat, fit la grimace et rebroussa chemin.

Au même instant, l'homme fut sur lui. D'un formidable coup de poing appliqué sur la jambe blessée, il renversa l'officier. Son autre main, la droite, leva un couteau.

Berla était perdu! Il lança un cri d'appel désespéré.

Au même moment son agresseur s'affalait à côté de lui, lâchant son arme.

Que s'était-il passé?

L'enlèvement des immondices s'effectue encore de façon rudimentaire dans certains recoins du Transtévère, soit dit sans offenser l'édilité romaine.

Une brave Transtévérine se préparait, conformément à son habitude, à vider par la fenêtre le contenu de sa boîte à ordures, particulièrement lourde ce jour-là. Avant de sacrifier ainsi à l'hygiène domestique, elle eut toutefois la délicate attention de jeter un coup d'œil dans la ruelle pour s'assurer

(1) Ruelle.

qu'aucun passant n'allait recevoir à la figure ce contenu odorant.

Ce qu'elle vit la fit bondir.

Juste au-dessous de sa fenêtre un malandrin renversait un officier et levait sur lui un couteau.

La Transtévérine était une gaillarde à l'entendement et au geste rapides.

Sans perdre une seconde, elle laissa tomber contenant et contenu sur la tête de l'agresseur, faisant ainsi ce que, l'instant d'avant, elle voulait éviter.

Grâce à elle, la situation était renversée, les rôles changés. Berla, malgré la douleur, saisissait l'arme de son ennemi et se remettait sur pied, prêt à frapper l'homme s'il bougeait.

Mais il ne bougeait pas pour la bonne raison qu'il était évanoui.

Déjà la Transtévérine était descendue quatre à quatre, ameutant par ses appels tout le quartier.

— Gigi! Toto! Cecco! *Corpo di Cristo!* Accourez donc!

Et ils accouraient. Des voisins, des passants et même des agents de police — on en rencontre quelquefois après coup!

Le malfaiteur, rappelé à lui à grands coups de poing dans les côtes, fut emporté comme une loque dans un commissariat.

Berla, conduit avec beaucoup de sollicitude chez un pharmacien, songeait :

— C'est étrange : une femme veut me tuer et une autre femme me sauve la vie!

Il n'offrit pas son cœur à la bonne Transtévérine qui l'avait accompagné et qui, échevelée, débraillée, vaguement lavée, ne lui en paraissait pas moins superbe. Il lui offrit simplement sa bourse, mais elle refusa d'un grand geste.

— Signor, dit-elle du ton de son aïeule Porcia, je suis Romaine et j'ai un fils soldat!

Réponse digne d'un personnage de Plutarque!

. . . .

Pendant ce temps, dans une maison du voisinage, Giulia Monbazi et Otto Alt attendaient l'arrivée de leur émissaire leur apportant la nouvelle que le crime était accompli.

Ce ne fut pas le misérable qui se présenta, mais la police; avant qu'elle ait eu le temps de se reconnaître, Giulia était saisie et entraînée.

Otto avait essayé de fuir par une porte dérobée, mais il fut arrêté à la sortie : la maison était cernée.

C'était le meurtrier lui-même qui les avait livrés :

Revenu à lui, il n'avait pas hésité, pour se tirer d'affaire ou, tout au moins pour atténuer la rigueur du châtiment mérité, à dénoncer ceux dont il était l'instrument.

Une heure après, Otto et Giulia amenés dans un poste de police étaient confrontés avec Berla.

On peut juger de la stupeur de celui-ci en reconnaissant la même femme qui, une première fois, à Gorizia, avait déjà voulu l'assassiner.

Le regard qu'ils échangèrent fut inexprimable.

L'officier reconnaissait, ou plutôt devinait dans les deux prisonniers, le couple qu'il avait rencontré, sans chercher à le dévisager, au restaurant Selaggi.

Maintenant les mobiles de l'attentat lui apparaissaient clairement!

Quelques jours plus tard, grâce à la saisie de papiers qu'Otto n'avait pas eu le temps de détruire, un magnifique coup de filet était réalisé. La bande d'espions et de malfaiteurs, pour la plupart repris de justice, enrôlés au service du cardinal von Gerlach, était mis sous les verrous.

Quant au prélat, par peur de la *mal'aria*, sans doute, il avait disparu de la Ville Eternelle.

Otto et Giulia Monbazi attendent toujours leur comparution dans un procès monstre qui mettra en lumière les ténébreux agissements allemands en Italie.

Bassi et Berla, guéris tous deux, sont retournés, le premier dans les montagnes du Trentin, le second sur le terrible Carso. Ils viennent d'y passer un rude hiver, mais leur bonne humeur vaillante ne les a pas abandonnés.

Ils s'écrivent régulièrement et aiment à se rappeler leur rencontre à Rome et les récits qu'au restaurant Selaggi, écoutés par un couple d'espions, ils se firent de leurs combats dans les neiges.

FIN

Pour paraître vendredi prochain :

DANS LES USINES DE GUERRE

N° 23. Collection "Patrie". Paris. — Imp. de Vaugirard.

www.ingramcontent.com/pod-product-compliance
Ingram Content Group UK Ltd.
Pitfield, Milton Keynes, MK11 3LW, UK
UKHW012121240726
13965UKWH00005B/1882

9 782013 372237